此书献给
五四运动以来为实现中华民族伟大复兴
继往开来的人们

图书在版编目（CIP）数据

中国之路/王伟华文；王伟宁画
—广州：岭南美术出版社，1999.4
ISBN 7 - 5362 - 1948 - 2

Ⅰ．中…
Ⅱ．①王…②王…
Ⅲ．连环画 – 中国 – 现代
Ⅳ．J228.4

中 国 之 路

出版发行：岭南美术出版社
　　　　　（广州市环市东水荫路 11 号　　邮编：510075）
出 版 人：曹利祥
经　　销：广东省新华书店
印　　刷：佛山市粤中印刷公司
版　　次：1999 年 4 月第一版
　　　　　1999 年 4 月第一次印刷
开　　本：787mm×1092mm　1/16　印张 13
印　　数：1 - 5000 册
ＩＳＢＮ　7 - 5362 - 1948 - 2

J·1706　　　　　　　　　　　　定　价：15 元

五四运动的杰出的历史意义，在于它带着为辛亥革命还不曾有的姿态，这就是彻底地不妥协地反帝国主义和彻底地不妥协地反封建主义。

摘自毛泽东《新民主主义论》

中国革命的成功，是毛泽东同志把马克思列宁主义同中国的实际相结合，走自己的路。现在中国搞建设，也要把马克思列宁主义同中国的实际相结合，走自己的路。

摘自邓小平《革命和建设都要走
自己的路》

我们党要领导全国人民实现中华民族的伟大复兴，必须始终坚持学习，并把学到的科学理论与先进知识用于中国的实际，不断推动经济的持续发展和社会的全面进步。

摘自江泽民在省部级主要领导干
部金融研究班结业式上的讲话

2　　莽莽神州　　民族复兴
　　茫茫前路　　从哪里起步

4　　工业革命制造的豺狼　　北洋政府折断了脊梁
　　　在巴黎和会密谋分赃　　青年学生挺起了胸膛

月18日

巴黎和会

国权!
内惩国贼!

拒绝和约签字

1919 年 5 月 4 日　北京天安门前

6　　不许出卖国家的主权　　举国上下
　　不许有辱母亲的尊严　　愤怒的呼声响彻云天

打倒卖国政府

火烧赵家楼

8 　　起来吧！兄弟　　无产阶级
　　呐喊啊！姐妹　　正要走上历史舞台

我翻开历史一查，这历史没有年代，歪歪斜斜的每页上都写着"仁义道德"几个字。我横竖睡不着，仔细看了半夜，才从字缝里看出字来，满本都写着两个字是"吃人"！

摘自鲁迅《狂人日记》

科学与民主　　　　新文化风暴
拥抱着沙滩红楼　　席卷了整个神州

年青新
LA JEUNESSE

勤于工作

为民族独立国家富强　踏上向往已久的彼岸
壮士跨越碧波重洋　寻找救国救民的良方

1919 年至 1920 年 全国各地赴法勤工俭学青年达一千六百多人

胜利属于列宁！
胜利属于苏维埃

十月革命

　　共产主义幽灵　　　在龙的故乡
　　飘过广袤的西伯利亚　充满了新的希望

1920 年 8
《共产党宣
》第一个中
全译本出版

1921年7月23日　上海

16　　上海租界嘉兴南湖　　镶嵌着锤子镰刀的红旗
　　　新生的政党呱呱坠地　　伴随太阳从东方升起

1921年7月30日　浙江嘉兴南湖

1924 年 5 月广东革命政府创办黄埔军校

1924 年 7 月 9 日国民革命军开始北伐

18 国共合作　　　向着顽固的封建堡垒
　　创办黄埔军校　　吹响了北伐进军号

19

1927年4月12日

上海四一二反革命政变

蒋汪合流　　　　右倾错误
反动派举起屠刀　使革命陷入低谷

1927 年 7 月 15 日
武汉七一五反革命政变

1927 年 9 月　秋收起义

22　　南昌起义的枪声　　　　　　　井冈山胜利会师
　　　宣告了独立领导武装斗争的开始　把革命重心向农村转移

同志们
冲啊！

1927年8月1日 南昌起义

1934年7月 红七军团北上抗日 1934年10月 中央红军长征

24　　冒险出击　　　　红军长征
　　　反围剿接连失利　　北上抗日保实力

1934年4月至10月广昌、兴国、宁都、石城相继失陷

26　前有埋伏后有追兵　　热血洒满长征之路
　　千里转战雨雪不停　　忠骨深埋崇山峻岭

1935 年 1 月 15 日至 17 日　遵义会议

28　　　遵义会议　　　　　这是历史的转折点
　　　　挽救了红军挽救了党　　革命从此乘风破浪

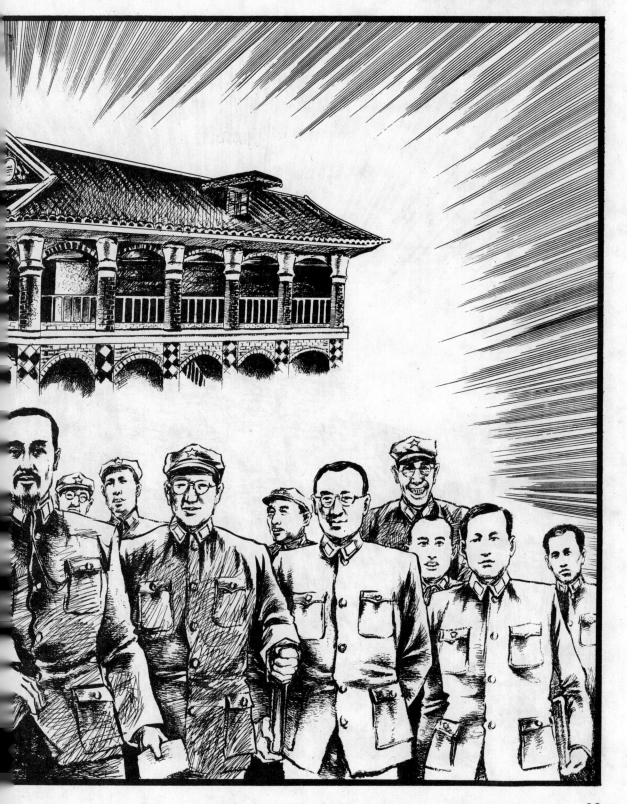

1936年10月 三大主力红军会师甘肃会宁

30　　长征　　　　　　它播下了革命的种子
　　　是血与火的瀑布　　它改变了历史的构图

5年5月　强渡大渡河

32　　中国的希望　　　　　　那里是民族的胸脯
　　　就在那厚实的黄土高坡上　那里是国家的脊梁

一二·九运动

34 　华北之大　　　　　　一二·九运动
　　容不下一张安静的书桌　　奏响了抗日救亡的强音

1935 年 12 月 9 日

　　抛弃前嫌　　　　　一致对外
　　　　和平解决西安事变　　国共再次携手并肩

936·12·12·西安

19
北平

38 七七事变　　　中华民族
抗日战争全面爆发　　用血肉筑起新的长城

7月7日
宛平县卢沟桥

40　　八路军　　　　　平型关大捷
　　东渡黄河千军万马　　打破日军不败的神话

1937 年 9 月 25 日　八路军 115 师在平型关伏击日军

42　　　国民党军队　　　　侵华日寇
　　　　抛弃国土消极抗战　　长驱直进万里硝烟

44　　南京陷落　　　　　三十万同胞冤魂不息
　　　血腥屠杀地惨天愁　　白骨如山唤起国恨家仇

1937 年 12 月 13 日　南京陷落

1938年3月至4月 台儿庄战役

46　　同仇敌忾　　　　　英魂不倒
　　　抗日将士血战台儿庄　令日寇魂飞魄散

1940 年 5 月 16 日　张自忠将军壮烈殉国

48　　　八年抗战　　　　　　　　胜利来之不易
　　　　历史记下了无数惨案　　举国同庆欣喜若狂

1945 年 9 月 3 日　日本政府正式签署投降书

50　　外敌刚除　　岂料内战车轮
　　　国共会陪都　　又碾碎一纸和平文牍

1945 年 8 月至 10 月　重庆谈判

52　　南京请愿　　　　　　爱国无罪
　　　反饥饿反迫害反内战　　青年学生不惜血荐轩辕

1947 年 8 月　刘邓大军挺进大别

54　　这是黎明前的黑暗　　　刘邓大军挺进大别山
　　　　这是正义与罪恶的决战　　拉开解放战争战略进攻序幕

1948 年 9 月至 12 月　辽沈战役

　　　辽沈战役　　　　东北全境解放
　　　　　歼敌四十七万　　国共力量对比发生转变

58　　淮海战役　　解放了长江北岸
　　　　歼敌五十五万　　国民党退缩南方

1948 年 11 月 6 日至 1949 年 1 月 10 日　淮海战役

60　　平津战役　　　　几十万降敌
　　　和平解放北平古都　　在红旗下找到出路

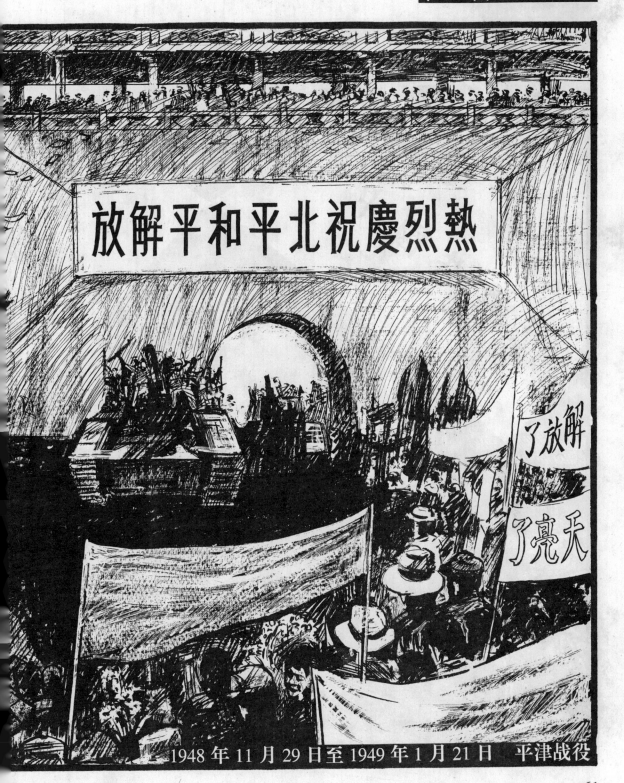

热烈庆祝北平和平解放

解放了
天亮了

1948 年 11 月 29 日至 1949 年 1 月 21 日　平津战役

62　　　　七届二中全会　　　　　　　西柏坡
　　　　　标志着工作重心向城市转移　　现出了全国解放的晨曦

1949 年 4 月 21 日　毛泽东主席
和朱德总司令下达《向全国进军的命令》

1949 年 3 月 5 日至 13 日　中国共产党在西柏坡召开七届二中全会

63

64　　**势不可挡**　　　**解放宁沪**
　　　百万雄师过大江　　红旗插上总统府

1949 年 4 月 23 日　解放南京

66　　推翻了三座大山　　　　缅怀革命先烈
　　　中国人民从此当家做主　　立志继往开来

开 国 大 典

保家卫国　　　　　中朝人民并肩作战
志愿军跨过鸭绿江　三千里江山寸土不让

1950 年 10 月 19 日　中国人民志愿军首批部队跨过鸭绿江

70　　五项原则　　　　打破西方封锁
　　　倡导和平共处　　坚持独立自主

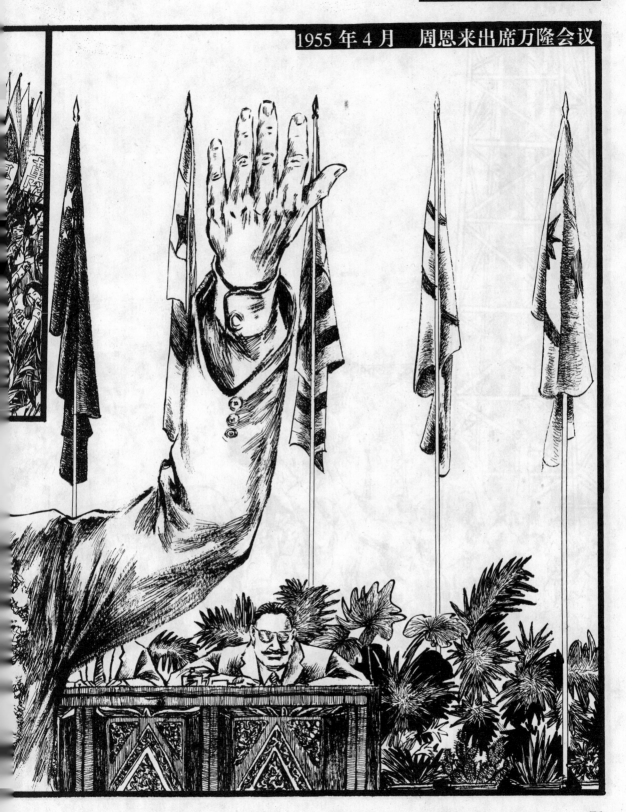

72　　战天斗地　　　　　　自力更生
　　　石油喷发大庆报喜　　一举抛弃贫油帽子

被誉为"铁人"的大庆油田钻井队 2 大队队长王进喜

74　　　　助人为乐　　　　　　　学习热潮迭起
　　　　雷锋事迹光耀千秋　　　为人民服务牢记心头

76　　西方封锁苏联反目　　依靠自己的实力
　　　共和国不畏逆境　　成功升空两弹一星

重返联合国　　　　　　　中美两国会谈
担负起维护和平的使命　　融化了长期敌对的坚冰

国的一切合法权利

1972年2月 中美两国在上海发表联合公报

1970 年 7 月
成昆铁路全线通车

80　　罕见的严冬　　　　　　空前的风暴
　　　直欲把神州变成冻土　　没能吹倒中华之柱

1975 年 6 月中国援助修建的坦桑尼亚——赞比亚铁路完成铺轨任务

1975 年 7 月
全国第一条电气化铁路——宝成铁路全线通车

1976年4月5日　清明节

四五运动　　痛斥妖魔行径
缅怀伟人英灵　　呼唤政治清明

1978 年 5 月　全国开展关于真理标准问题大讨论

讨论真理标准　　坚持实事求是
一石激起千重浪　　个人崇拜失去了温床

86　　尊重知识　　　　尊重人才
　　　科学技术是生产力　　科学的春天已经到来

1978 年 3 月 18 日至 31 日　全国科学大会在北京召开

88　　高瞻远瞩　　　　英明决策
　　　十一届三中全会开得好　　为国强民富铺平道路

1978 年 12 月 中国共产党第十一届中央委员会第三次全体会议

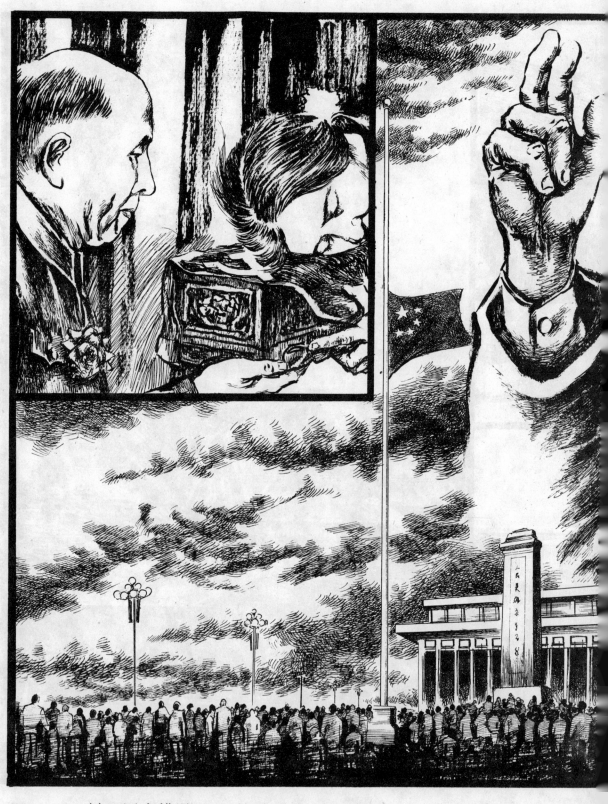

90　　　纠正历史错误　　　拨乱反正
　　　　平反冤假错案　　　团结一致向前看

1980 年 2 月　刘少奇平反昭雪

如同摸着石头过河　　　粤闽侨乡
改革没有现成的建设图纸　　办起经济特区大胆尝试

1979 年 7 月 15 日　中共中央、国务院批转中共广东省委、福建省委《关于对外经济活动实行特殊政策和灵活措施的两个报告》，决定在深圳、珠海、汕头、厦门试办经济特区。

1980年 提出"只生一个好"口号

94　提倡"只生一个好"　　　国民生计素质为上
　　计划生育福泽子孙后代　　干部群众责无旁贷

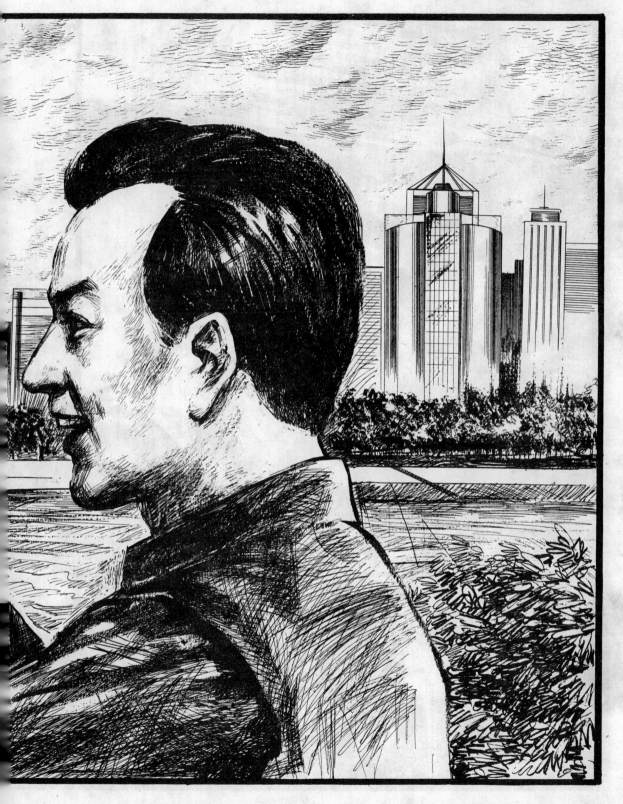

分田到户　　　　　　重视发展农业
深入推广农村生产责任制　　切实解决好十二亿人口的吃饭问题

共中央批转《全国农村工作会议纪要》

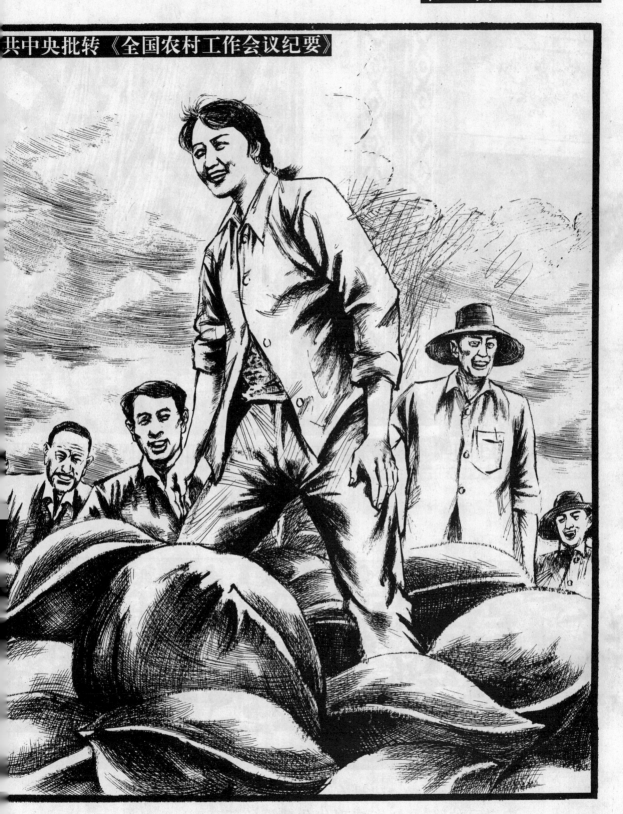

98   垦自己的土   建设有中国特色的社会主义

             走自己的路   奔向现代化建设的新高度

1982 年 9 月 1 日至 11 日　中国共产党第十二次全国代表大会

100　　　修改宪法　　　　　　发扬民主
　　　　废除国家领导终身制　　是政治清明的必要前提

1982 年 11 月 26 日至 12 月 10 日　中华人民共
和国第五届人民代表大会第五次会议在北京召开

1982 年 9 月　邓小平会见英国首相撒切尔夫人
1983 年 6 月　邓小平会见美国新泽西州西东大学杨力宇教授

　　一国两制构想　　　　和平统一大业
　　　　丰富了国家制度理论　　炎黄子孙有章可循

104　　加强法制建设　　严厉打击犯罪活动
　　　　坚决维护社会稳定　　为经济建设提供良好的外部环境

1984年　进一步开放14个沿海城市

粤闽经济特区　　　十四个沿海港口城市
硕果累累步子豪迈　　又向世界敞开胸怀

108　　开放的中国　　　二十三届洛城奥运
　　　　体育事业发展蓬勃　　实现了零的突破

循序渐进　　　　　　　　目标明确
　　　　改革从农村转移到城市　　建设有计划的商品经济

112　　开放势不可挡　　　　　建设日新月异
　　　从珠江口到长江三角洲　　低矮的棚屋变成大厦高楼

1985年2月　中共中央决定在长江三角洲、珠江三角洲、闽南三角地区开辟沿海经济开放区。

1985 年 5 月 27 日　中共中央发布《关于教育体制改革的决定》

解放生产力　　　　争做"四有"新人
彻底改革科教体制　　让精神文明之树散叶开枝

85 年 3 月 13 日　中共中央发布《关于科学技术体制改革的决定》

116 大军百万裁减　　　是力量与信心的体现
　　　部队精简整编　　　是外交战略的转变

"863"计划

"863"计划　　　　　　　共和国的专家内阁
　　　　　追踪世界高新科技发展　　为民族的振兴一马当先

1986年3月　王大珩、王淦昌、杨嘉墀、陈芳允等人联名上书中央，呼吁国家制订科技计划，跟踪世界科学研究的先进水平。

119

城市已经工业化　　　发展不平衡的中国
　　　　 农村还有手工作坊　　 "一个中心，两个基本点"不能忘

122　　从天山到蓬莱　　孔雀东南飞
　　　　从海南到大兴安　　民工争上岗

硬座车

15

124　　　装束　　　　　　　　　　　生活
　　　　　告别了昨天的一色蓝布　　多姿多彩步步高

126　　打开窗户　　　　　　要警惕阴暗角落
　　　　崭新的世界五彩缤纷·　　不许有苍蝇蚊子滋生

128　　扫黄打非　　　　　　　改革航船
　　　　不能让残渣泛起逞疯狂　　要经得起惊涛骇浪

130　　接过千斤重担　　　推动改革开放
　　　　第三代领导核心形成　　党中央又作出英明决定

1990 年 4 月 7 日 21 时

高精尖技术　　　　长征二号火箭
正式进军国际市场　　在商业领域威名远扬

"长征 2 号"火箭把美国制造的"亚洲一号"通讯卫星送入预定轨道

1990年9月 上海浦东开发启动

134　　胆子更大　　上海浦东的开发开放
　　　　步子更快　　又掀起新的经济热潮

1990年9月22日 第11届亚运会在北京隆重开幕

举世瞩目　　　　　　　　　　　雄鹰展翅
首次成功举办大型国际体育盛会　中国健儿亚运显威风

138 　希望工程　　　　全国人民
　　　百万爱心大行动　　关心失学少年儿童

140　　小平南巡　　　　　　　是非标准
　　　　指示发展才是硬道理　　在于是否符合"三个有利"

1992 年 1 月至 2 月　邓小平南巡

142　　計划经济　　　　　社会主义市场经济
　　　　已经完成了历史使命　推动着伟大祖国走向繁荣

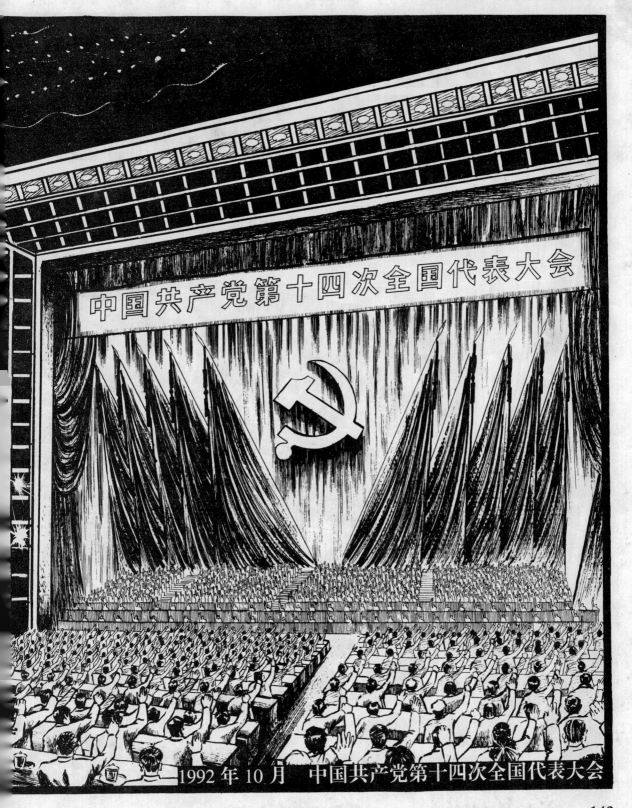

1992 年 10 月　中国共产党第十四次全国代表大会

144　　坚持政治协商　　　　完善多党合作制
　　　　肝胆相照未雨绸缪　　荣辱与共风雨同舟

146 汪辜会谈　　　　两岸人民
　　　打破海峡多年沉寂　　盼望祖国早日和平统一

1993 年 4 月 27 日　首次 "汪辜会谈" 在新加坡举行

九条方针、六点设想　　　八点主张
显示了和平统一的诚意　　是解决两岸问题的有力措施

150　　　国家的头等大事　　　　尊重各民族的宗教信仰
　　　　始终是稳定和发展　　　　维系着华夏大家庭的长治久安

西藏嘉黎县的６岁男童坚赞诺布经金瓶掣签被认定为十世班禅的转世灵童并继任十一世班禅

151

东海南海　　　　三军演习
导弹呼啸天际　　严正警告敌对势力

154　洗雪百年耻辱　开创历史先例
　　香港胜利回归　实现一国两制

1997 年 7 月 1 日　国家主席江泽民出席香港回归仪式

反贪污贿赂局

156　　糖衣炮弹　　　　　贪心私欲
　　　　击垮"好汉大丈夫"　擒住了"英雄"做俘虏

被告席

158 真正公仆 人民表率
时刻关心百姓疾苦 全心全意为人民服务

1997年9月　中国共产党第十五次全国代表大会在北京召开

160　　第三代领导核心　　　　　打破所有制框框
　　　　高举伟大旗帜继往开来　　改革的道路越走越宽

162　　走向世界　　　　努力建立建设性的战略伙伴关系
　　　　中国元首正式访美　两国面对 21 世纪

1997 年 10 月　国家主席江泽民访美

164　黄河小浪底　　两大水利枢纽
　　　长江三斗坪　　成功实现截流

1997 年 10 月 28 日　小浪底成功截流
1997 年 11 月 8 日　长江三峡成功截流

166　　金融危机　　　　　人民币拒绝贬值
　　　　波及东南亚各地　　支撑着亚太经济

167

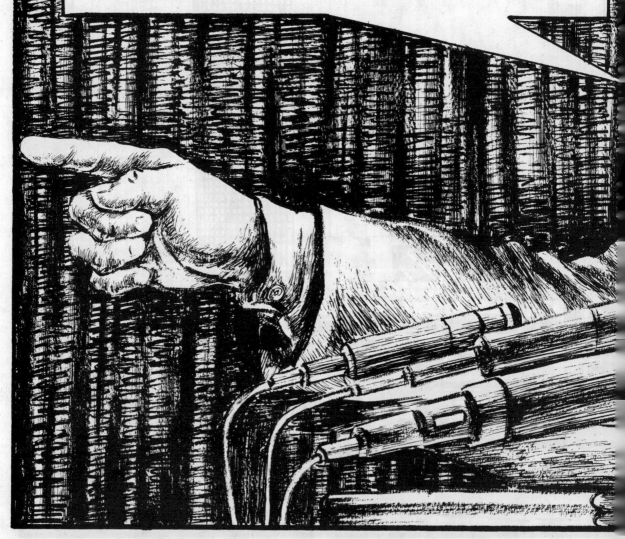

魅力、魄力、动力　　　　　　　　一个确保、三个到位、五项改革
　　　60秒掌声表达了人民的期待　　　　　行政新风扑面来

170　　　　行政机构精简　　工作效率提高
　　　　　富余人员分流　　政府职能更加有效

中华人民共和国林业

172　　科教兴国策略　　　　　提高全民族素质
　　　　肩负起振兴经济的重担　　迎接知识经济的挑战

174 北大百年史　　　　　　　北大百年庆
　　　是一部中国知识分子的良心史　　唤起了青年学生振兴中华的激

176　　推进国企改革　　　　抓紧抓好再就业培训
　　　　　建立现代企业制度　　切实保障下岗工人基本生活

1998年5月14日至16日 中共中央、国务院召开国有企业下岗职工基本生活保障和再就业工作会议

178　　改革分房制度　　　　完善社会保障体系
　　　"货币分配"有利满足需求　　解除劳动者后顾之忧

整顿经济环境　　促进扩大内需
军警法停止经商　　反走私力度增强

182　　洪水滔天　　　　毕竟血浓于水
　　　　吞没沃土良田　　　一方有难八方支援

184　　　领导奔赴灾区　　　解放军从天而降
　　　　深入抗洪的前线　　　齐向洪魔宣战

嗨 哟

186　　一家帮一户　　　　众志成城
　　　　不让灾民风餐露宿　　将损失减到最低限度

子弟兵南征北战　　水中构筑血肉堤岸
废寝忘食不畏艰难　　军民情义重如山

管涌、岸崩　军民奋力抵抗
险象环生　何惧洪魔发难

192　　千里江堤　　　　　　　长城内外
　　　流传着无数英雄事迹　　关注着灾区的每个朝夕

194　　第三代领导集体　　江主席一声号令
　　　　将温暖送到灾区　　万众一心严守江堤

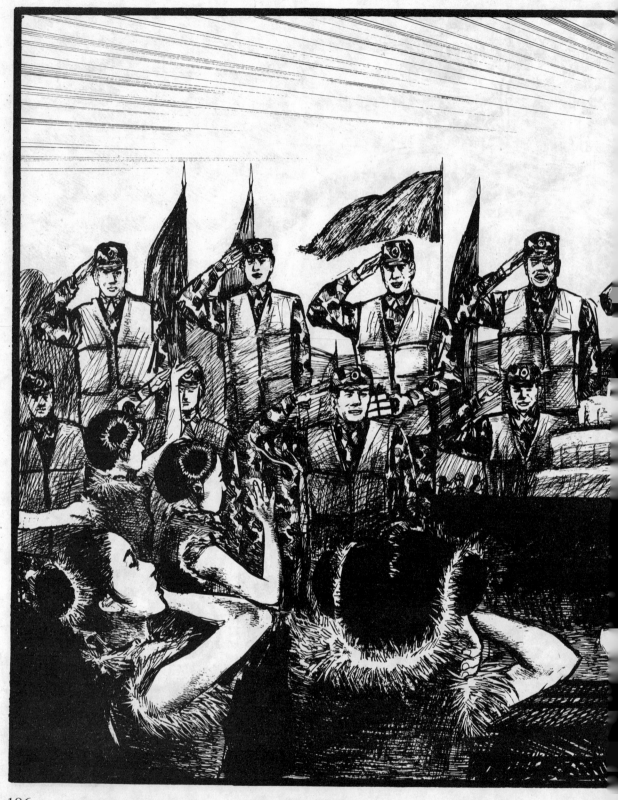

196　　铜墙铁壁筑起　　军民心相连手相牵
　　　　洪魔俯首东去　　气势恢宏撼天动地

九八抗洪的前线　　　　　九八抗洪的胜利
是时代精神和民族精神的交汇点　　是社会制度优越性的生动体现

200 树立大国形象　　中国之路
振奋民族精神　　向着新世纪延伸

策　　划：吴克群
责任编辑：罗兆祥
　　　　　叶家斌
责任技编：郑国良
协助绘画：傅炎兴
　　　　　余广洪
　　　　　王劲松
封面设计：
　　　　　赵克标
版式设计：